LES WEEK-ENDS DE Polka

À ma fille Thelma, rêveuse professionnelle.

T. B.

Thibault Bérard Charles Dutertre

POLKA S'ÉCLATE !

milan

Le petit mot du samedi matin...

En tournant cette page, tu vas découvrir Polka, une petite fille souvent rêveuse, plutôt sage en général et parfois très gigotante.

Depuis peu, Polka va à l'école. Et, comme beaucoup d'enfants qui vont à l'école, il y a une chose qu'elle aime encore plus que l'école. Tu devines ce que c'est, n'est-ce pas ?

Le week-end !!!

Le week-end, c'est hyper-splatch, parce que ça fait deux grandes aventures cachées dans un seul mot. Une pour le samedi, l'autre pour le dimanche.

Dedans, on peut mettre tout ce qu'on veut : de la danse, des bêtises, des bonbons ou des livres. Polka est particulièrement douée pour ça. C'est une championne du week-end !

Allez, tourne la page : on est samedi, la première aventure va commencer. Polka t'attend.

Elle n'attend même que toi.

Samedi

Guimi, Guimi, Guimi

Polka sait qu'elle devrait rester assise en attendant ses haricots verts, mais elle a vraiment trop envie de danser.

Tata Manon vient de lui dire de se tenir « bien-tran-quille », le temps qu'elle finisse de préparer les haricots, qui seront prêts « dans-cinq-minutes ».

Cinq minutes, c'est le temps que Polka a pour jouer une dernière fois le soir. (« Allez, Polka, tu joues cinq minutes et puis dodo. »)

C'est ce que lui dit Maman quand elle lui demande de venir l'aider à faire quelque chose. (« D'accord. Polka, laisse-moi cinq minutes, et j'arrive. »)

Polka sait donc que cinq minutes, ça peut être soit beaucoup trop court, soit beaucoup trop long.

En tout cas, ça suffit sûrement pour danser une petite danse de rien du tout.

Elle descend de sa chaise.

En jetant un coup d'œil vers la cuisine, elle voit que Tata Manon fume une cigarette à la fenêtre, avec son air plein de rêves.

Tata Manon est souvent dans la lune. C'est la sœur de Maman, et Polka l'adore. D'ailleurs, Maman dit tout le temps que Tata Manon était pareille que Polka à son âge, toujours dans les mirages.

Ça lui fait drôle, à Polka, de penser à ce genre de chose. De se dire que les adultes ont été petits, et même bébés, et même qu'ils ont eu des couches !

Et aussi que les enfants seront des adultes, un jour... Même elle !

Ce samedi midi, Tata Manon garde Polka parce que Papa accompagne Grandfrère et Grandesœur au tennis et au club d'échecs pendant que Maman va chercher Papi-de-Marseille à la gare du lion.

Polka trottine jusqu'au salon. Juste devant elle, posée sur le meuble bas, il y a la chaîne hi-hi. Et, sur la petite étagère en dessous, les CD de Papa.

Polka a souvent entendu Maman dire à Papa qu'il serait grand temps qu'il jette ces vieilleries qui prennent la poussière.

Mais Papa répond à chaque fois que la musique sur ordinateur, ça ne l'intéresse pas, et Polka n'écoute pas trop la suite parce que ça ne l'intéresse pas non plus.

Ce qui est bien avec les CD de Papa, c'est que Polka sait comment les mettre toute seule dans la chaîne hi-hi.

Elle a tellement envie de danser qu'elle sent des fourmis s'agiter dans ses mollets, comme quand elle fait de la trottinette toute la nuit en rêve.

Elle choisit le disque du groupe ABBA, parce que c'est un des premiers mots qu'elle a su lire toute seule quand elle était petite, et qu'elle se souvient très bien du moment où c'est arrivé.

En plus, il est rangé au tout début de l'étagère, c'est facile de se rappeler.

Elle sort le disque de sa boîte, et puis elle appuie sur les boutons de la chaîne hi-hi, *Power*, *Open*, elle pose le CD doucement, *Close*, flèche-flèche-flèche pour arriver à la chanson et...

TIDOUWO

TIDOUWOUUU

TIDOUWO

TIDOUWOUUU

Oh là là ! Vite vite, elle baisse le son, ça casse les oreilles !!

Elle oublie toujours de vérifier avant d'allumer la chaîne, et à chaque fois ça la fait sursauter. Parce que Papa écoute la musique très fort quand il est tout seul, et il laisse le volume réglé à fond.

Mamie-de-Quimper dit que, tout petit, il le faisait déjà, et que c'est un miracle qu'il ne soit pas sourd aujourd'hui.

Aaaah.

Là, c'est mieux.

Tidouwoup
tidouwoudidiwidi
Tidouwoup
tidouwoudidiwidi

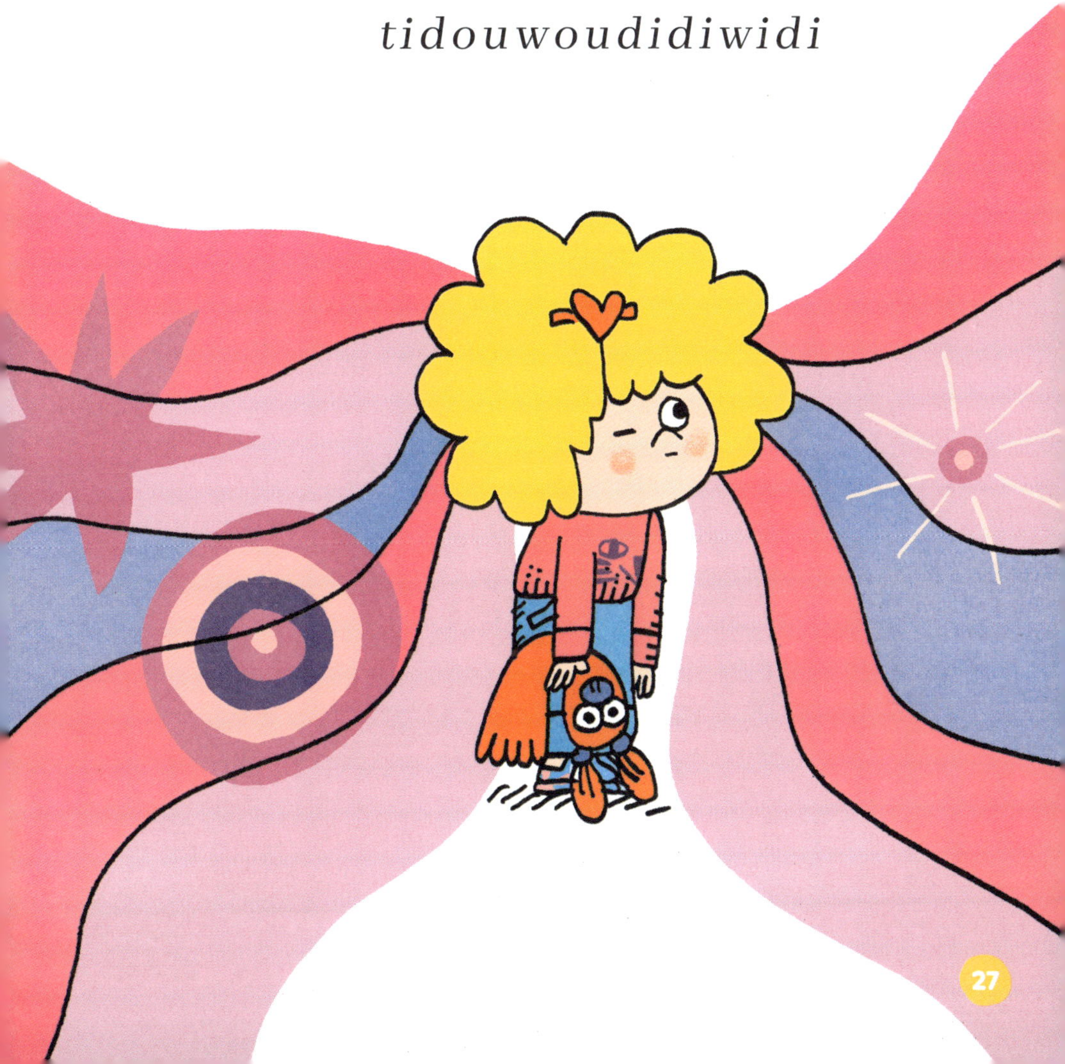

Polka va juste jeter un coup d'œil dans la cuisine pour vérifier que Tata Manon n'a pas entendu la musique...

Non, elle n'a rien entendu. Elle fume encore sa cigarette rêveuse, à la fenêtre. Elle sourit comme si quelqu'un était en train de lui raconter une bonne blague.

C'est drôle, ça. Polka est tentée de lui demander ce qu'elle a de si rigolo, cette blague, mais la musique qui vient du salon lui donne trop envie de danser, alors elle repart.

En plus, elle n'a plus que trois minutes. Ou deux ? On ne sait jamais avec les minutes. Parfois il en reste plein et ça n'en finit pas, et parfois on croit qu'on en a encore cinq et, en fait, on n'en a plus qu'une.

Oh, c'est le refrain déjà !

Guimi, Guimi, Guimi

E mane à fteurmide naïïïïïte…

La musique gigote et rebondit, ça fait *Tidouwoup tidouwoup*, et Polka danse, danse !

Elle saute avec les bras en l'air, elle tourne sur un côté avec sa hanche, et hop ! sur l'autre côté avec l'autre hanche, et puis elle agite la tête et les cheveux !

C'est hyper-splatch, de danser. Dans la famille, on fait souvent ça, avec Papa et Maman et Grandesœur et Grandfrère.

Ça commence toujours par quelqu'un qui met une musique que tout le monde aime bien, et d'un coup le salon est rempli de gens qui sautent et qui tournent et qui se jettent à genoux par terre (ça, c'est Grandesœur)...

... et qui se font des bisous tout collés (ça, c'est Papa et Maman)...

... et qui cassent le vase de l'entrée en faisant de la danse de rap (ça, c'est Grandfrère).

Polka, elle, pourrait danser pendant des heures. Elle a « la danse dans le sang », comme dit Tonton Gaël (qui, lui, ne danse jamais).

Soudain, la chanson s'arrête, et Polka comprend que les cinq minutes sont terminées.

Vite vite, elle court jusqu'à la cuisine, saute sur sa chaise, se remet devant son assiette, range ses cheveux décoiffés par la danse. Elle sent qu'elle est toute rouge et elle peut entendre son cœur battre dans sa gorge.

La voix de Tata Manon jaillit de derrière l'assiette fumante qu'elle lui apporte :

– Voilà les haricots, ma chérie !

La pensée des haricots refroidit un peu Polka, mais, juste après, le grand sourire de Tata Manon la réchauffe, alors ça va.

Elle se dit que, quand elle aura fini de manger, dans cinq minutes, elle lui proposera de danser avec elle dans le salon.

Comme Tata Manon était pareille qu'elle à son âge, c'est sûr qu'elle adore ça aussi.

Dimanche

Le gâteau de crottes

Ce matin, Polka n'a pas du tout envie d'être sage.

C'est bizarre, d'ailleurs, parce qu'elle a commencé la journée en étant très sage, comme une grande fille. Elle s'est tranquillement réveillée dans son petit lit, au milieu des livres qu'elle avait pris avec elle pour dormir.

Elle les a douuuucement laissés tomber par terre, et ça a fait des « bom » pas trop gros, qui n'ont même pas réveillé Papa et Maman.

BOM!
Bom!
BOM!
Bom!
BOM
BOM
BOM!
BOM!
BOM!

Ensuite, elle a enfilé ses chaussons, toute seule, sans que personne lui ait demandé de le faire, et elle est descendue de son lit.

La maison était silencieuse, parce que, le dimanche, tout le monde dort tard, même Grandfrère et Grandesœur.

C'est pour ça que, d'habitude, Polka est obligée de réveiller les gens pour qu'on s'occupe d'elle.

Mais là, non.

Comme une grande fille, elle sort de sa chambre sans faire de bruit. Elle pense à un Indien qui traque un écureuil pour le manger sur une broche au-dessus du feu.

Polka descend l'escalier en tirant son doudou derrière elle.

Son doudou, il s'appelle Doudou Rouge. Au début, c'était un tee-shirt de Maman, et puis un jour il s'est transformé en doudou. Il sent très bon puisqu'il sent Maman, même si Maman ne le porte plus depuis longtemps, et c'est un doudou qui peut ressembler à ce qu'on veut, puisqu'à une époque c'était un tee-shirt.

Donc, si Polka dit que c'est un lapin, c'est un lapin. Et, si elle a envie que ce soit un renard, c'est un renard.

Mais elle n'a jamais envie que ce soit un renard.

Le plus souvent, ce n'est ni un lapin, ni un renard, ni un tee-shirt : c'est juste Doudou Rouge.

Doudou Rouge est super, mais il est grand et il traîne toujours par terre, alors Papa a répété mille fois à Polka de faire attention à ne pas s'emmêler les pieds dedans quand elle descend l'escalier.

Elle fait donc très très très attention, ce matin, parce qu'elle veut être très sage.

Arrivée en bas, dans le salon tout froid, Polka regarde le canapé (vide), la table (vide) et les chaises (vides).

Elle pense à Boucle d'Or, qui boit les bols des trois ours, qui s'assoit sur leurs chaises et s'allonge sur leurs lits. Et qui se fait surprendre, endormie dans le lit de Petit Ours, quand ils reviennent.

Sans savoir pourquoi, Polka se sent soudain très triste, là, toute seule.

Et, juste après la tristesse, elle se dit qu'elle n'a plus envie d'être sage comme une grande fille.

Elle a envie de faire plein de bêtises, d'un coup. D'être une méchante Polka, comme un gros bébé.

Elle voudrait casser les bols ! Dessiner sur les chaises avec les feutres qui ne partent pas ! Étaler de la pâte à modeler sur le canapé !

À cet instant, le frigo fait

BRRRRRRRRM-
MMMMMMM.

Comme ça, sans raison. Dans le salon froid et vide, le bruit résonne longtemps.

On dirait que le frigo l'a fait exprès pour gronder Polka.

Normalement, Polka aurait eu un peu peur de ce bruit, et elle serait vite allée réveiller Papa et Maman dans leur lit pour ne pas rester seule avec le frigo qui la gronde.

Mais la méchante Polka décide qu'elle n'ira pas réveiller les parents. Tant pis pour eux s'il lui arrive quelque chose, ils n'avaient qu'à être là !

Elle cherche des bêtises à faire, plein de bêtises. Mais il n'y a pas de bols à casser sur la table, et elle ne sait plus où sont rangés les feutres et la pâte à modeler.

Alors, elle va dire des gros mots. Des gros mots de gros bébé méchant.

Elle se concentre très fort et très rouge, comme son doudou.

Et elle pense.

Elle pense à une montagne de caca !

Avec des volcans de pipi !!

Et des nuages de prout !!!

Sur la montagne de caca, il y a Grandfrère et Grandesœur et Papa et Maman avec des sacs à dos.

Polka rigole toute seule en les voyant marcher dedans.

Ils sont bêtes, quand même !

Mais elle peut faire encore plus rigolo. Encore plus rigolo méchant.

Polka se concentre tout rouge, et elle pense à...

UN GÂTEAU DE CROTTES !

Voilà. Un beau et grand gâteau de crottes, posé sur un plateau en or, au milieu de la table, avec des fourchettes et des cuillères plantées dedans.

Et Papa et Maman et Grandfrère et Grandesœur, ils vont...

– T'es réveillée, crevette ?

La voix de Grandfrère tombe du plafond sur la tête de Polka. Elle sursaute.

– Je vais te préparer le petit déj, dit Grandfrère. Tu veux quoi ?

Polka imagine le gâteau de crottes. Il brille sur son plateau en or ! Et elle a envie de dire à Grandfrère que c'est ça qu'elle veut, un *gâteau de crottes* !!! Cette idée la fait tellement rire qu'elle en tremble de la tête aux pieds.

C'est alors que Grandfrère s'écrie :

– Dis donc, tu grelottes, escalope ! T'as pas mis tes chaussons ? Ah mais si, tu les as mis. Toute seule ! Hyper-splatch !

Polka sourit, parce qu'elle est fière d'elle et que Grandfrère est gentil.

– Bon alors, tu veux manger quoi? il reprend.

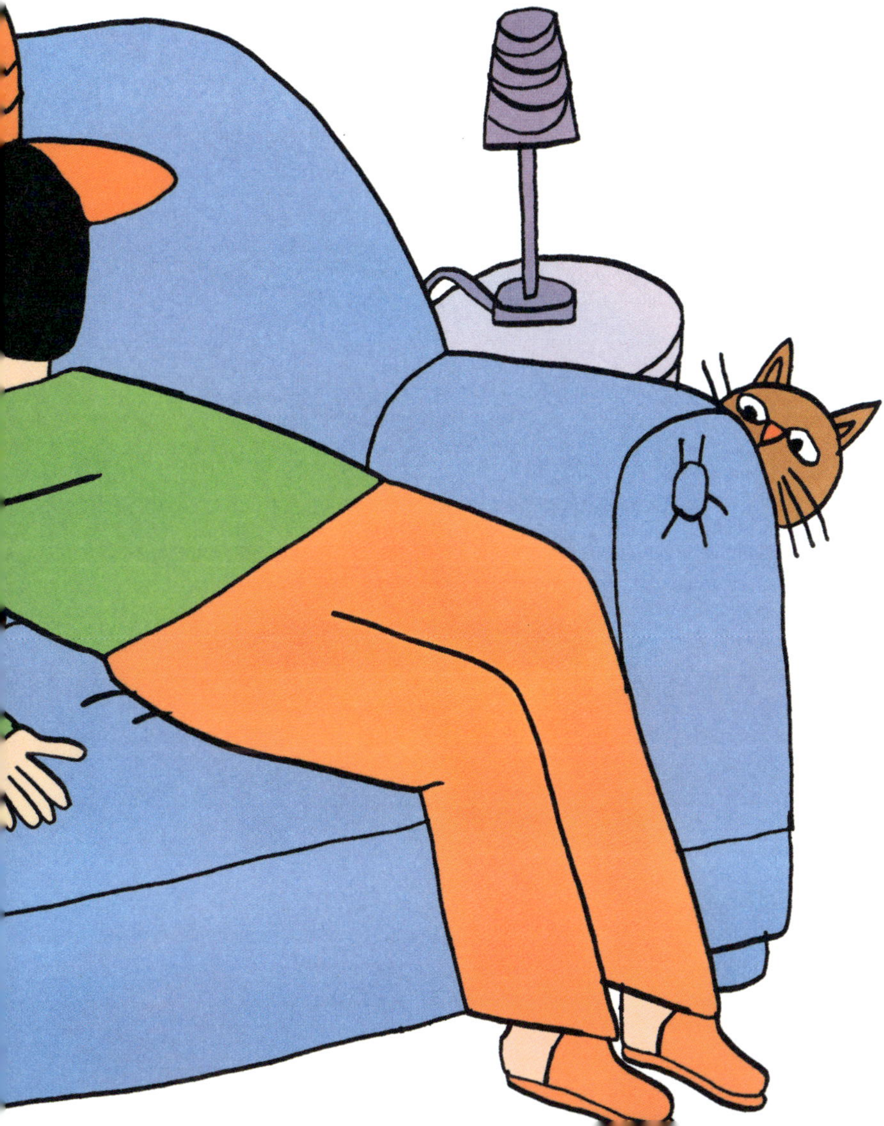

Vraiment, il est gentil, Grandfrère. Alors Polka dit :

– Une tartine.

L'histoire du dimanche soir.

L'histoire du dimanche soir est encore plus géniale que celles des autres soirs, et tu sais pourquoi ?

Parce que le dimanche, Polka a droit à deux histoires. Parfois, on lui en lit une, puis une autre. Parfois, on lui en lit une, puis c'est elle qui lit l'autre histoire toute seule.

Tu veux faire comme Polka ? Ça lui fera plaisir, je crois.

1, rond-point du Général-Eisenhower, 31101 Toulouse Cedex 9, France
editionsmilan.com

Loi 49-956 du 16 juillet 1949 sur les publications destinées à la jeunesse.

Dépôt légal : avril 2023 • ISBN : 978-2-408-03516-7
Achevé d'imprimer au 2e trimestre 2023 en Slovaquie par Polygraf Print
Plus d'informations sur la fabrication de nos livres :
editionsmilan.com/comment-fabriquons-nous-nos-livres

FSC
www.fsc.org
MIXTE
Issu de sources responsables
FSC® C023577

Le petit mot du dimanche soir...

Le week-end est presque fini, et demain c'est lundi.

Polka n'aime pas le lundi.

Le lundi, il y a plein de choses à faire, mais vraiment pas rigolotes : se lever tôt, avaler son petit déj, s'habiller en vitesse et arrêter les caprices parce que sinon on ne sera jamais à l'heure à l'école ! Bref, le lundi, c'est pas hyper-splatch du tout.

Heureusement, il y a une chose qui console Polka...